봄 봐라, 봄

정충화 시집

봄 봐라, 봄

달아실 시선
26

달아실

일러두기

1. 본문에서 하단의 〉는 '단락 공백 기호'로 다음 쪽에서 한 연이 새로 시작
   한다는 표시이다.
2. 본문의 맞춤법은 시인의 의도에 따른 것임.

시인의 말

충주,
이 고을에 세 들어 산 지
어언 십 년이다
그간 쌓은 정만도 서 말은 넘을 게다
식물을 들여다보고, 길을 걷고,
이곳 방언을 익히며 살다보니
어느 세월에 이순을 넘어
그새 해거름녘에 다다랐다
이제 저녁이 있는 삶을 찾을 나이에 이르렀는데
그 삶을 어디서 찾을지
캄캄하다

식물 애호가를 자처하면서
근자에 나무 한 그루도 심지 않은 주제에
설익은 활자를 입히겠다고
나무에게 또
죄를 짓는다

2020년 봄 충주 적소에서
정충화 씀

차례

봄
봐
라
,
봄

2부

3부

1부

가까운 어둠

불행은 늘 우리 발밑에 있다
지근거리에 함정을 파두고
먹잇감이 걸려들기를 기다린다

거기 빠지는 순간
생은
간단하게 발목이 잘리고 만다
그 자리에는 이내
불행의 쌍생아인
절망이 들어찬다

멀리 있는
언제 꺼질지도 모르는
등촉 같은 희망 하나에 매달려 사는 게
인생이다

어둠은
늘 가까운 곳에 있다

거미와 백석

아침에 몸을 씻고 있는데
시커먼 왕거미 한 마리가
발밑으로 기어왔다
발을 구르고 손뼉을 쳐가며 위협해도
녀석은 한사코 내 곁으로만 다가들 뿐
물러갈 기미가 없다

하는 수 없이
물줄기를 내뿜어 멀리 밀쳐내니
움직임이 잠잠하다
일순,

나는 가슴이 짜릿하다 *

내게 아무 해를 끼치지 않았는데
나는 왜 그것과 함께
시공간을 나누지 못했을까

먼 데서

14

백석이 눈을 흘기는 아침이다

* 백석의 시 「수라」에서 빌려와 약간 변형함.

암각화

화양구곡
물가 바위에 앉아 다리쉼을 하는데
발밑 바위 표면에 박힌
암각화 한 점이 눈에 들어왔다
거기
나비 한 마리의 생애가
무채색으로 아로새겨져 있었다

숨결이 흩어진 자리에
그것이 횡단했을 시간의 퇴적층이
암석 표면에 켜를 쌓고선
가을볕 아래 전시되고 있었다

그대 가슴에 돋을새김되었다가
형해로나 남아 있을
나를 보는 듯했다

틈

맞물린 결이 망가진 나사는
드라이버로 아무리 조여도
안벽을 붙들지 못한다
마모된 생이 맴돌이를 할 뿐
물렁해진 뿌리로
더는 몸통을 틀어쥐지 못한다

과녁을 빗나간 화살처럼
어긋나버린 존재들은
영영 제자리를 찾지 못한다
빛나던 청춘도
삶의 전부라 여겼던 사랑도
정점을 지나고 나면
톱니가 깎여나간 나사처럼
그저 헛돌 뿐이다

한 번 헐거워진 것들은
끝내 틈을 벌리게 마련이다

춘분春分

여물지 않은 봄밤이다
계절의 낮은 밀도를 헤치며
꽃들이 몸을 데우는 시간이 온다

나는 간신히 빠져나온
겨울의 입을 황급히 봉해버렸다
한 시절의 경계가 물에 풀린 휴지처럼
흐물흐물 녹아내린다

문드러진 계절의 외피를 벗어던지고
나는 전속력으로 네게 투항한다
그리고 밤이 이울도록
날 선 바람의 돌기를 쓰다듬으며
손끝에 지펴지는 해빙의 결구를
읽어내린다

언 땅을 찢고 돋아나는
시푸른 문장
〉

봄이여!

너라는 詩를 읽는다

지하 여인숙

서울역 지하도는
해질 무렵 빗장을 풀고
여인숙이 된다
거리에 어둠이 들면
길바닥에 사는 사람들이 하나둘 모여들어
제 몸 누일 만큼의 쪽방을 얻어 하룻밤을 난다
별빛 한 올 스미지 않는 냉골 바닥
그들 사이에 세워지는
보이지 않는 벽들
행인들의 발소리로 엮인 이불이
그들의 가벼운 잠을 덮어준다

짧은 소설의 마지막 장을 덮듯
다가든 아침
여인숙은
지상으로 투숙객을 내쫓고
다시 지하도로 용도변경을 한다

통로 바닥에

쫓겨난 자들이 꾸다가 만 꿈들이
껌처럼 납작 눌어붙어 있다

구사일생

일터 한 모퉁이
허공이 출렁거렸다
노랑나비 한 마리가 거미줄에 걸려
몸부림치고 있었다

죽음 문턱에 이르러
절박하게 발버둥치는 녀석에게서
거미줄을 떼줘야 하나 고민스러웠다

한 몸 건사하기도 버거운 인간이
대자연의 흐름에 어찌 간섭하겠느냐 싶어
주저주저하였다

느닷없이 겪는 나비의 불행도 안타깝지만
거미의 노역과 인고의 시간은 또
내가 어찌 감당할 것인가

무연히 바라만 보던 그때
나비가 용틀임을 하자

날개에 감겼던 마지막 올무가
툭 끊겼다
저승 문턱을 돌아 나온 나비가
양광이 부서지는 시월 하늘에
갈지자로 날아올랐다

생과 사가 찰나지간이었다

헛공부

관정을 파는 사람들은
땅속 사정에 정통하다
울퉁불퉁한 땅의 생김새만 보고도
어디에 시추공을 박으면
물이 솟을지 직감으로 안다

바다에서 뼈를 키운 어부는
어군탐지기가 없는 쪽배로도
드넓은 바닷속을 읽고
이리저리 오가는 고기 떼를
잘도 건져 올린다

어부는
비린내로 고기 떼를 감지하고
땅에 구멍을 뚫는 사람은
코끝에 걸리는 물 냄새로
지하수를 길어 올리는 거다

한 가지 일에 진력하면

도가 튼다던데
나는 삼십 년이나 들여다보았고
식물해설가로 일하면서
벼과나 사초과 식물은 아직도
이름을 제대로 아는 게 별로 없다

염낭거미의 삶

염낭거미는
나뭇잎이나 풀잎을 말아 굴을 짓고
알을 낳는다 그리고
그 속에 은거하다 알이 부화하면
제 새끼들의 먹이가 된다
자신을 희생하여
다음 세대를 잇는 것이다
제 배로 낳은 새끼를
베이비박스에 버리는
비정한 어미들도 있는데
자연의 변방
낮고 구석진 곳에서 치러지는
미물들의 희생이
세상을 지탱하는 근원이 된다

나는
내 새끼들을 위해 지금까지
무엇을 던져봤던가

뻘밭을 헤쳐 가는 짱뚱어처럼

나는 안간힘을 쓰며
집으로 향한 골목을 찾고 있다
술집을 전전하며
위장에 쏟아 부은 알콜은
이곳까지 거슬러 오르는 연료로
모두 소진되었다
부엽토 아래 숨은 잔불처럼
꺼지지 않은 취기가
이따금 발뒤꿈치를 물어뜯는다

어디가 길이고 길이 아닌지
시간과 공간이 뒤섞여버린
초여름 밤
흐릿한 의식 한 가닥이
나와 알코올성 치매를 부축하고선
찐득한 삶의 갯골을 더듬거리고 있다
두서없는 문장을 곳곳에
흘려가며

배후

　서부영화에서 등을 보이는 건 죽음을 자초하는 짓이다
전쟁영화에서 초병을 제거할 때는 등 뒤로 은밀히 접근하
여 칼을 꽂는다 뒤를 물리면 늘 치명적인 종말에 이른다

　짐승들은 등이 가려우면 나무나 바위에 몸을 문지른다
나는 기다란 자나 볼펜 따위로 긁지만 그런 게 손에 잡히
지 않으면 도리 없이 문짝 모서리에 등을 비벼댄다

　어릴 적 아버지와 목욕탕에서 번갈아 등을 밀어준 적이
있다 그러나 나는 아들을 앞세워 목욕탕에 간 적이 없다
아버지답게 나도 한 번쯤 아들의 등짝을 밀어주고 싶다
하지만 아들의 등은 이제 내 손이 닿지 않는 곳에 있다

　깡패들도 등 뒤에서 칼을 꽂는 건 비겁한 짓이라 여긴
다 그러나 제가 살고자 비겁해지는 게 세상사다 두어 번
등을 찔려본 나도 모르는 사이 누군가의 등을 찌른 적이
있을지 모른다

　사물의 배면은 숙명적 그늘이다 쉬 닿지 않는 거리 유

리된 공간에 존재할지라도 배후는 결코 떨쳐낼 수 없는
자웅동주다

낡은

신혼 때 처음 테레비를 산 이후
삼십여 년 사이 예닐곱 번은 바꿨지 싶다
화면 크기를 늘리고 곡면을 평면으로 바꾸고
지금은 초박막 평면 와이드 테레비가
거실 벽 한쪽을 독차지하고 있다
냉장고와 세탁기도 용량을 늘려가며
서너 번씩은 바뀌었다
선풍기 다리미 압력솥 따위는
기능과 디자인을 핑계로 무수히 갈아치웠다

그 사이 아들과 딸은 성목이 되어
자신들의 그늘을 가졌다
내 집에서
오십수 년간 계속 사용해온 중고품은 이제
나와 아내뿐이다

그마저도 내 기계는
잔고장이 잦아
걸핏하면 오작동을 반복한다
〉

성능 불량이라고 바꿔버릴 수 없는

폐기 처분할 수도 없는

애물덩어리

되새김질

술이
거나한 날
추억은
헐한 안줏거리다
아련히 발효된 것일수록
술발을 세우는 법
소주병 너덧 나뒹구는
술상 위로
습관처럼 풀어놓는 안주
밤은 자꾸 물크러지고
되씹는 과거는
바싹 마른 육포처럼
질기기만 하다
커어,
술맛은 또 왜 이리 쓴지

반半

채우려는 부피에 이르지 못한
미완의 값
넘치게 가진 것에서 덜어낸
여분의 몫

똑같이 나눠도
양쪽 모두를 충족시키지 못하는
불균형의 균형추 혹은
도량형의 회색 지대

그대에게 기울이는
내 마음의 질량

거리 풍경화 한 점

인사동 초입
석장승 한 쌍이 지키는 쉼터 아래
돌의자를 일터 삼은 화가가 있다
일 년 내내 그 앞을 오가면서도
그의 손에 붓이 들린 것을
나는 아직 한 번도 본 적이 없다

캔버스엔 언제나
눈을 홉뜬 달마가 들앉아 그를 바라보고
가끔 이젤 꼭대기에 내려앉는 비둘기가
그를 지그시 내려다보는 것을
오가는 행인들이 바라보곤 한다

쌀톨을 쥔 그의 손바닥에선
참새들의 춤사위가 펼쳐지고
열댓 평 남짓한 소공원엔 날마다
그것들의 지저귐이 쌓여간다

손바닥과 어깨 위에 오종종 몰려드는

새떼들과 교감할 뿐
그는 언제나 다른 차원의 물상처럼
존재한다

북인사동 입구의 그 화가는 오늘도
새들과 눈을 맞추며
스스로
한 점 풍경화가 된다

끈

예전에 함께 일했던 사람을 만나면
호칭이 먼저 인사를 튼다

과장님차장님부장님팀장님이사님국장님

한때 내가 정박했던 기항지
멀어진 이역의 항구들이다
그곳에서 나는
삶의 낱장 몇 쪽을 기록했고
부렸던 닻을 거둬들였다

쇠락한 폐가처럼
허물어진 기억 속에서도
그들과는 여전히 끈 하나가
비끄러매어져 있었다

떠났어도
온전히 떠나온 게 아니었다

망종芒種 무렵

앞마을
길가 밭뙈기에서
노릇하니 익은 보리가
유월 들머리의 바람을 비질하고 있다
그 바람에 실려 온
뻐꾸기 울음소리에 놀라
못물에서 유영하던 개구리들이
울대를 고르고 있다
때맞춰 산비탈에선
줄딸기와 오디와 버찌가
알맞게 익어가고 있다

꽃이 피고지고
새들이 짝을 찾고
나무들이 열매를 맺는 한철
이 골짜기에서
제대로 피지도 익지도 않는 것은
나뿐이다

2부

비수

어떤 말은
내뱉은 입술이
채 닫히기도 전에
의미가 바뀌어버리곤 한다

듣는 사람의 귀가
다른 언어로 받아들이고
그 말을 옮기는 사람이
또 얼마간 각색하여
이방인의 말로 유포한다

그렇게 돌고 돌아온 말이
처음 뱉은 사람에게
돌아올 때는
예리한 비수를 품고 오기도
한다

새의 하늘

새들은
지저귐과 날갯짓으로
짝을 찾고
공간과 공간을 오가며
제 삶터를 세운다

지상을 박차고 올라
날갯죽지가 견딜 만큼
휘돌아온 하늘을
자신의 영역으로 삼는다

비행을 마친 새들은
둥지의 문지방을 넘기 전에
젖은 발부터 씻는다
낮 동안 추수한 양식을
안뜰에 부리고서야
세웠던 깃을 눕힌다

비로소

하루치 하늘이 외등을
끈다

안개 도시

달천 고가차도 위에서 바라본
새벽 충주는
안개가 뜯어먹고 뱉어버린
뼈들의 무덤 같다

달천교를 지나고부터는
길과 강의 경계마저 문드러져버렸다
달강의 수계는 언제나
강둑 안쪽에 머물러 있지만
이 아침엔
범람한 아침 안개가 강물까지 풀어놓았는지
사방이 그저 심연이다

나는 쪽배에 몸을 싣고
달강 지류의 물굽이 하나를 지나는 중이다
서늘한 강바람이 폐부를 헤집는다
드문드문 솟은 아파트의 희미한 불빛이
항로를 인도해주지 않았다면
나는 물골 아래 수장되었을 것이다
〉

날물 때가 다가오는지
강안江岸에 줄지어 선
사과나무 뼈마디 사이로
안개의 수위가 차차로 낮아져간다

낡은 영사기

어릴 적 시골 극장에서는
툭하면 필름이 끊겼다
그럴 때마다 빈 스크린엔 주룩주룩
비가 내렸다
휘파람과 야유가
한차례 극장을 뒤집고 나서야
영화는 다시 이어졌다

내 인생 극장에서도
요즘은 자주 비가 내린다
몇 잔 술에도 쉽게 끊겨 사라지는 화면들
상영 중단된 분량만큼
유실돼 복구되지 않는 장면
아무리 꿰맞추려 해도
스토리는 끝내 이어지질 않는다

주점을 배경 삼은 영화를
온전히 상영하기에는
내 영사기가 너무 낡아버렸다

정성精誠의 밀도

극진하다와
곡진하다의 차이는
무엇이더냐

두 말의 근수는 얼마나
무게를 다툴 것이냐
한 획 많고 적음으로
생기는 거리는 멀어야
얼마나 멀겠느냐

그대에게 기울이는
나의 정성이 이미 그득한데
마음 한 가닥
더 없고 말고가
무슨 의미라더냐

친연성이라는 함정

허공을 날아다니는 박쥐와
땅에 뿌리박고 사는 박쥐나무는
동물과 식물이라는 차이를
끝내 좁힐 수 없는 먼 존재다

잎 모양과 날개 모양이
비스무레하다는 게
두 종 사이의
작은 유사점일 뿐
박쥐는 박쥐되
서로 다른 존재다

이름이 사물의 형상을 규정하기도 하지만
더러는 이미지가 친연성을
꾸미기도 하는 법이다

삶의 마디마다엔
언제든 우리 발목을 잡아챌
보이지 않는 함정이

도사리고 있다

촛불의 미학*

대낮에 밝힌 촛불이
사물을 온전히 비출 수 있더냐
제 그림자 하나 떨구지 못하고
소신공양만 할 뿐
밝음과 겹쳐지는 또 다른 밝음은
제 밝기를 나타내지 못한다

어둠 속의 어둠 역시
이미 잃은 빛을 지울 수는 없다
어둠과 밝음은
사라쌍수처럼 어깨를 둘러야
서로의 가치를 부추겨준다

촛불은
어둠이 울타리를 쳐야
몸을 밝히는 법이다

* 가스통 바슐라르의 저서 제목 『촛불의 미학』을 빌려옴.

채혈

팔뚝에서
혈맥이 자취를 감춘 지 오래다

수십 년 먹어치운 단백질과
지방 덩어리들의 퇴적층,
피부 밑 갱도 깊이
매몰되었기 때문이다
손등과 팔로 구불구불 이어지던 실개천은
세월이 무두질한 거죽 아래 메워지고 없다

팔뚝을 연신 두드리던 간호사가
어렵게 찾은 수맥 한 곳에
마침내 시추공을 꽂자
묻혀 있던 폐정廢井이
울컥
토악질을 한다

옛집 우물의 小史

어릴 적 집 마당에는
깊이를 알 수 없는 우물이 있었다
이끼 덮인 돌벽 아래
시꺼먼 아가리를 벌린 우물이었다
맑은 날 정오의 하늘을 지나던 해와 구름이
그곳에서 얼굴을 비춰보다간 가고
밤이면 초승달이나 바람난 별들이
이따금 몸을 씻고 가곤 했다
간혹 낮달이 모습을 감춘 날엔
수염이 긴 미유기*가 물 위를 배회했고
논도랑에서 잡아다 넣은 새끼 붕어도
내게 아는 체를 하곤 했다
퍼 올린 두레박 속엔
언제나 암청색 하늘이 굼실거렸다
가뭄으로 동네의 물길이 닫혀버리던 해엔
우리 집 우물이 읍내의 유모 노릇을 했다
신작로로 이어진 집 골목에는
아침부터 물동이가 줄을 섰고
양조장에서 온 술통들은 막걸리 대신 물을 채워갔다

하루에도 몇 차례씩 의용소방대 물차가
배를 불리기도 했다
그런 여름날엔 우물가에서
이국적으로 익어가던 무화과나무 열매도
자주 얼굴을 물크러뜨렸다
처음엔 깊이에의 두려움뿐이던 우물은 차차로
내게 세상을 보여주는 거울이 되었다

오래전 폐경기를 지나
무화과나무 아래에서 속절없이 늙어버린
내 옛집 우물
그 앞에는 지금
꼭지만 비틀면 펑펑 물을 쏟는 수도 파이프가
파수를 서고 있다

* 미유기 : 계곡물에서 서식하는 메기과의 민물고기로 우리나라 특산 어류임.

불면

소리로 깨친 사람을
귀명창이라 한다지
요사이 전에 없이
귀가 밝아졌다

들끓는 소리들이
밤의 중문을 열어버린 뒤부터
내 잠은
만 리 밖 타향이다

밤과 나 사이
공명의 진폭이 얼마나 젎기에
차차로 어두워져야 할 내 귀가
아직도 이리 밝은 것이냐

환절기

입동이다

겨울에 드노라 시위라도 하듯
자동차 앞유리가 얼었고
주변 빈 밭엔 무서리가 피었다

나뭇잎을 잃은 은행나무가
조사弔辭를 짓는 동안
해는 저물고 있다

지나온 길은 입을 닫았고
중문中門을 막 지났는데
다시 육중한 중문重門이
길을 막는다

서둘러 귀가하던 새 떼들이
뒤바뀐 계절의 낯빛을 읽느라
수런거리며 날아간다

찜질

고구마나 옥수수, 생선 같은
음식물을 찌는 주방 도구가
찜기다
찜기 바닥에
적당한 양의 물을 채우고 가열해
물이 끓으며 발생한 열기로
그것들을 쪄 익힌다

나도 때때로
찜을 찌곤 한다
찜기 대신
섭씨 칠십 도로 달궈진
불한증막에 들어가
모래시계 태엽을 감고 앉으면
금세 내 샛강에서 수분이 좔좔 흘러나와
절로 찜이 완성된다

불한증막을 서너 번 들락거리면
나도 어느새 꼬들하니 익는다

열기로건 땀으로건
흥건히 젖고 나면
내 실개천마다 물이 돌고
털구멍이 일시에 열려
몸에 파릇한 봄이 돋곤 한다

시간의 윤회

누구에게나
다 그들만의 시간이 있다

뒷산 벙어리뻐꾸기가
울음을 잣는 시간이 있고
새끼 길고양이가
건물 틈바구니에서
볕을 받아먹는 시간도 있다

모두
그 어느 시간을 지나왔거나
시간의 길 위에 있거나
남은 시간의 부스러기를 끌어모아
마주할 시간의 소맷귀를
깁는 중이다

지나간 시간은 애틋하고
오지 않은 시간은
설레고 두려우나

무심한 시간은 또 다른 시간을 낳고
새로 돋는 시간이 제 꼬리를
잡아먹을 뿐

거세된 말

끼니때를 놓쳐
늦은 점심을 먹으러 들어간 식당
차림표를 훑어보며 고민 끝에
불고기뚝배기 한 그릇을 주문한다
물잔을 들고 온 여자가
코맹맹이 소리로 주방에 주문서를 날려보낸다

"삼 번에 불뚝 하나~아"

순간
불뚝 몸을 세우는 생각 하나
에어컨 아래서 간신히 식어가던 몸이
화끈 달아오른다

말이 거세되는 시대
말의 가지치기에 익숙한 현대인들에게
온전히 불려다니는 말은 이제 많지 않다
불임의 말들이 사생어私生語를 주워다
기르고 있을 뿐이다
〉

불고기뚝배기 김이 번지는 식당 안에
꼬리 잘린 말들이
공기를 헤집으며 연달아 송신된다

"오 번에 물냉 두~울"
"칠 번에 비냉 하나~아"

D의 공포*

지금
내 몸의 경제적 환경은
침체의 터널에 갇혀 있다

함부로 굴려온 몸이
무거워지는 나이를 빌미 삼아
값어치를 뚝뚝 떨어뜨리고 있다

가치를 셈하기에는
터무니없이 낡아버린 수족과
써온 햇수만큼
감가상각되는 내부 기관들

툭하면 고장에다
생산력은 한계치에 다다랐으니
퇴보는 피할 수 없는 운명이다

내 몸의 디플레이션은
이제 막

시작되었다

* 물가 하락을 뜻하는 '디플레이션(Deflation)의 공포'를 일컫는 말.

겨울을 건너는 것들

일터 화장실 창턱에
무당벌레 한 마리가 배를 뒤집고서
허우적거리고 있다
소한 대한 지나고
정월도 다 기우는 한겨울에
무당벌레라니
겨울잠을 설쳤을까 안쓰러워
입바람으로 몸을 뒤집어주었다

간신히 다리를 세운 녀석은
옮기는 걸음이 하세월이었다
제 깜냥으로는 언 몸을 움직여
전속력으로 가는 중이었으리라

이 엄동에
저것을 밖으로 보내줘야 하나
화장실에서 겨울을 나도록
그냥 두어야 하나 망설이다가
제 팔자거니 하고 돌아 나왔다
〉

무당벌레나 나나
겨울을 건너기가 버겁기는
매일반인 모양이다

불면 2

대팻밥처럼 얇디얇은
잠의 부스러기마저 흩어지자
나의 밤은 항로를 잃어버렸다

닻 내릴
작은 섬조차 보이지 않는
난바다에서
끝없이 표류 중이다

잠의 물골로 이끌어줄 예인선은
올 기미도 없고
고장난 배의 갑판에서
애꿎은 시간만
꾸들꾸들
말라비틀어지는 중이다

3부

마음에 느는 빚

새벽녘
흉몽에 잠이 깨었다
나는 떼거리로 찾아온
채권 추심인들을 피해
험산으로 도망쳤다

그들의 추격은 끈질겼다
고원을 넘나드는 동안
무수한 벼랑이 나를 삼키려 들었다
하늘에서는 줄곧 뇌우가 쏟아졌다

한순간
억센 손에 덜미를 잡혀 버둥대다가
정신을 차리고 보니
장롱 모서리에 목이 짓눌려 있었다

오래전 갚지 못한 채무는
긴 세월의 강을 건너와
아직도 내게 상환을 독촉하고 있다

빚은 도처에 깔렸고
마음이 갚아야 할 이자는 오늘도
복리로 불어나고 있다

부모에게형제에게마누라에게자식에게

인과관계

불면의 날이 길다

잠 못 이루는 날이 늘어서
생각이 느는 것인지
생각이 늘어 그걸 생각하느라
잠을 놓치는 겐지
도무지 모르겠다

지새우느라 다 떨구고
몇 장 남지 않은 은행잎처럼
내 잠은 위태로운데
그 십일월 밤마다 나는
마음속에 오래 묵힌 방언을
울컥울컥 게워내는 중이다

철새

기러기나 두루미 같은 새들은
겨울이면 수만 리 장천을 날아
남녘으로 거처를 옮긴다
그리하여 봄이 오고
날갯죽지에 힘이 붙으면
제 살던 곳으로 되돌아간다
겨울 한철 날개를 얼리지 않기 위해
해마다 그 먼 행로를 이어간다

객지 생활 팔 년에
나도 거진거진 철새가 다 되었다
주말마다 오가는 자취방과 집 사이의 항로
편도 백사십여 킬로미터
이쪽과 저쪽 둥지를
빈약한 날개로도 익숙하게 운항한다

한 주간 세파에 젖어 무거워진
날개를 말리기 위해

무적霧滴

저기 한 사내가 간다

두꺼운 안개의 장막을 밀치고
머리칼과 옷소매에 내려앉는
물방울 미립자를 흩뿌리며
뚜벅뚜벅 가고 있다

시린 공기가
연신 쿨럭거리는 아침
젖은 목울대를 고르는
찌르레기 울음이
나뭇가지에 중중모리로 내걸린다

산사나무 붉은 열매에 맺힌
작은 물방울 하나
투신할 시간을 재고 있다

사내의 발걸음이 써 내린
갈지자 사언절구

아침 보도블록에 행서체로
내걸린다

삶의 동질성에 대하여

남산
어린이회관 근처에 사는 비둘기들은
부잣집 도련님 때깔이 난다
알록달록 치장된 공동주택 테라스에
위엄 있게 앉아
아이들 손에 들린
과자 조각을 지그시 탐하는
여유로움이 있다

우정국로 길바닥을 배회하는
비둘기들은
땟국이 줄줄 흐르는
구걸하는 아이 행색이다
행인들의 발길을 피해 가며
아스팔트의 모래를 쪼아대거나
쓰레기 봉지를 헤집는
생의 고단함이 짜들어 있다

사람 곁에 살다보니

저들에게도 부유층이 있고
하층민이 있다

눈꽃

몸을 씻다가
밋밋한 가슴팍과 치모 사이에서
흰 터럭 몇 오라기를 보았다
나 모르는 사이
몸 구석구석에 눈이 내리고 있었다

여러 해 전부터
머리에만 조금씩 내리던 눈은
이제 턱의 절반을 덮고서
가을걷이 뒤 빈 들 같은 가슴과
외진 포구처럼 움츠린 샅에까지
쌓이고 있었다

늙어간다는 것은 이렇게
몸 위에
눈꽃이 번져가는 것이었구나

추색秋色

창경궁 외벽을 돌아
창덕궁으로 이어진 돌담길을
걸어가는데
마음이 저 혼자 앞서간다

길은 석양에 닿아 있고
그 길을 흘러와 잘게 부서진 볕 조각이
돌담 벽에서
쇳물처럼 부글거린다
플라타너스 이파리로
난전이 차려진 길모퉁이
은행나무 아래
좌판에 쌓인 물건들도 개나릿빛으로
덧칠되고 있다

가을 오후
사람들은 금부처 같은 얼굴로
흘러 다녔다

을왕리에서

바다가 더 흘러들 곳 없는
작은 포구
초승달 같은 모래톱을 껴안고
을왕리 해수욕장이 거기 있더군

그 뒤편
야트막한 구릉 사이로
무논과 밭뙈기 서넛 엎디어 있고
알맞게 배부른 동산 하나
봄을 굽고 있더군

무논에선
갈매기들이 물어다 놓은 바다가
날로 깊어지고
봄 햇살에 묶인 오후 혼자
물비늘을 털고 있더군

바다 가까이에선
꽃도 나무도 모두

바닷빛 얼굴로 살고 있더군

숙취

누군가
지우개로 지워버린 듯
간밤 술자리 기억이 토막토막
끊어져 있다
검열의 가위를 피하지 못한
영화 필름처럼
중요 장면은 툭툭 건너뛰어
이야기가 제대로 연결되질 않는다

한나절 내내
기억의 회로를 다 헤집고도
소실된 기억 속 필름은 끝내
잇지 못하였다
한 줄기만 뽑으면
줄줄이 딸려 나오는 감자처럼
기억 너머
지워진 생각들도 쑤 욱
캐낼 수는 없을까

봄 봐라, 봄

봄 떠난 지
하마 반년
맞을 봄도 반년은 남았는데
이 가을 저녁
내 밥상머리에 봄 든다

몽글몽글 김 오르는
가을 냉잇국 한 대접 마시니
몸에 아지랑이가
피어오른다
가을 속 봄 피었다

봄 봐라, 봄

통편집하고 싶다

영화감독은
촬영한 영상이 마음에 차지 않으면
몇 번이고 그 장면을 다시 찍는다

완성된 것이더라도
편집 과정을 통해
잘라내고 이어 붙여 재구성하면
극의 흐름까지 바꿀 수 있다

음악은 다시 녹음하면 되고
그림도 다시 그리면 될 일이다
원본의 내용마저 가감하거나
변형시키는 데 편집의 묘미가 있다

그러나 한 번 상영된 삶은
결코 되돌리거나 편집할 수 없다
좋든 싫든 아름답든 비천하든
딱 정해진 분량씩 돌아가고 나면
잔상만 남기고 사라질 뿐이다
〉

아! 방법만 있다면

나도

내 인생을 통편집하고 싶다

중하순 무렵

언제부턴가
만취한 뒷날엔
변기 속을 들여다보는 습관이 생겼다
그런 날 내가 낳은 배설물들은
탁도를 높인 채 바닥에 검게 웅크리고 있다
내 몸에 가득 찼던 달은
눈에 띄게 면적이 좁아들었다

간간이 또래의 사람들이
꺾이는 것을 본다
그들 삶이 종영되는 것을 보면서
내 것의 상영 시간은 얼마나 남았나
부질없는 셈으로 걱정을 쌓기도 한다

술을 마실 때마다
몸 안의 꽃잎이 하나씩 떨어지는 게 보인다
나의 수계는 천천히 낮아지고 있다
하부 깊은 곳에서 은밀히 진행되는
침식들
〉

나는 어릴 적 지나쳤던 홍역을
이제야 치르고 있나보다

자작自酌을 하며

여러 해 먹던
간장약을 끊고 나니 이번엔
위장약을 달고 살게 되더구먼
세상일이 그렇더라고
술하고 무슨 인연이 그리 질기게 엮였는지
그걸 죽어도 멀리 못 하겠단 말이시
그러니 당최 약을 끊을 수 있어야제

하기사 이젠 술도 약인데
뭘 더 가리고 말고가 있겄어
먹고 마시고 마시고 먹고 하믄 되지
안 그려?

거 씨잘데기 없는 소리 집어치우고
어여 술잔이나 드소

흉년기

꿈에
어느 집 문상을 가는데
주머니가 비었는 거라

빈손으로 들어갈 수도
조문을 안 할 수도 없어 애를 태우다가
꿈에서 깨는 바람에
간신히 곤경에서 벗어났지 뭐야

새벽 꿈속까지 따라붙은 곤궁함이
참 서럽더군
꿈속에서마저 춘궁이라니

게다가 요즘은 잠마저 흉년이니
원

슬픔의 행간을 읽다

재료와 양념이 듬뿍 들어가야
맛있는 음식이 탄생하듯
감정도 서로 뒤섞여야
삶이 푸른 경지에 도달할 수 있는 것일까
기쁨 하나로만 살 수 없는 게
세상 이치던가

하긴 잘 버무려진 양념처럼
고루 뒤섞이고 숙성된 희로애락의 감정들이
절인 배춧속을 채우듯
마음 구석에 꽉꽉 들어찰 때라야
삶을 넉넉히 잠글 수 있는 깊이에
이르는 것인지 모른다

그래도 모든 슬픔은
발효되지 않은 장류처럼 시큼하고 쓰다
외등 하나 없는 골목에 도사린 어둠처럼
늘 불편한 존재다
한겨울 여윈 능선에 몸을 부린

산그리메의 우울한 낯빛과도 같다

모든 슬픔은

그리움

이역만리
타국에 머무는 딸에게
전화를 건다
대양을 건너간 몇 번의 신호음이
호흡을 멈추는 순간
딸의 목소리가
수화기 너머로 밀물져 든다

금요일 오후 열한 시 사십 분에
내가 잘 있느냐 묻자
수요일 저녁
열 시 사십 분께를 지나는 딸아이가
무탈하게 지낸다고 대답한다

열세 시간 이편과 저편
오늘과 어제의 시공 위에서
딸과 나는
전파의 결에 목소리를 입혀
그리움을 흘려보내고 있다
〉

딸의 목소리가
반 옥타브 높은 지점에서
젖은 안개를 몰고 온다

ㄹ이 만드는 삶

갈, 낙엽 한 장에도 절로 쓸쓸해지는

결, 한 켜 한 켜 쌓아올린 세월의 가닥

골, 양지바른 혹은 응달진 곳에 묻힌 전설 하나

굴, 나의 내장 속, 심연처럼 깊고 어두운 정적

글, 모든 소리, 모든 말, 모든 문장을 가두는 무덤

길, 떠나든 돌아오든 늘 그 자리

날, 살아 있는 것들에게 매일 주어지는 시간의 파편 한 장

달, 그 引力으로 대기를 농락하고, 가끔 사람을 미치게도 만드는

돌, 가장 하찮으면서도 세상을 지탱하는 무변의 개체

들, 하늘과 땅, 자연이 교합하는 성소

말, 갈등을 낳는 분절된 단어의 조합

물, 흐름이라는 속성 하나로 끝없이 윤회하는 생의 원천

발, 늘 떠나기를 재촉하는 바람 같은

벌, 생명과 생명을 이어주는 매파이고 치료사인

별, 사람들이 가슴속에 하나씩 품고 사는 꿈

불, 삶과 죽음을 틀어쥔 원초적 질료

살, 정신의 거죽 위에 걸친 남루한 외투

솔, 푸름 하나로 세세손손 지조를 추앙받는

술, 삶을 행복이게 하는 미약, 사람을 사람답게 만드는 향유

실, 인연과 인연을 깁는 가닥

알, 생명의 원천, 신생의 고리

얼, 내 마음속에 똬리 튼 미숙한 태아 하나

올, 풀리기도, 엉키기도 하는 연분 같은

울, 가두거나, 품어 안아 안팎을 이루는

일, 나, 너, 우리가 혹사당하는 이유

절, 언젠가는 돌아가야 할 적막 같은

줄, 개체와 개체를 잇고 엮는 무상의 연

철, 꽃이 되는 때, 내 살갗의 온도가 변하는 때

칼, 자르고 나누는 분단의 속성, 때론 마음도 베이는

탈, 누구나 하나쯤은 뒤집어쓰고 사는

털, 억만 인연의 오라기

팔, 너를 향해 뻗을 수 있는, 너를 두를 수 있는 거리

풀, 이 행성을 덮어주는 이불, 생명의 근원

4부

문양의 비밀

손가락의 지문은
사람마다 달라
똑같은 모양이 없단다
나무의 나이테도 그렇고
인간의 수효보다 몇십 배나 많을
조개껍질 문양도 그렇단다

사람의 지문이건
나무의 나이테건
조개의 패문이건
각각의 문양에는
그들 삶의 내력이 오롯이 담겼다

근원을 새긴 금단의 영역
그 비밀의 문을 열어줄
바코드 혹은
미스터리 서클 같은

술값

만정리 초입 길바닥에
멀쩡한 구두 한 켤레가
가지런히 놓여 있다
간밤 어느 취객이 치른
술값이었을까나
나도 젊어 한때
어느 길바닥에
저처럼 술값을 치른 적 있어
더 애잔타

걸음이 잘린
주인 잃은 구두 콧등에
아침 햇살이 다정히 내려앉아
광을 내주고 있다
간밤 취중에 흘리고 온
내 정신의 구두도
어느 골목에선가 저처럼
볕을 쬐고 있을 것인가

잠시, 파문波紋

간밤 비가 파놓은 물웅덩이에
뭉게구름 떠간다

새벽 운동길
내 거친 발걸음에 깨진 구름 조각이
아스팔트에 파편처럼 박힌다

혼돈의 시간도 잠시
바람이 입을 닫자
일렁이던 파문의 증거는
신속히 은폐되고 만다

새벽길은
다시 가부좌를 튼 채 삼매에 들고
새 구름 한 덩어리
잠잠해진 물웅덩이에
들어앉는다

바람에 옥양목 나부끼듯

모였다 흩어지던 구름 조각이

흘러간 자리에

빈 하늘 한 폭 내걸린다

흑백 논리의 허구

검은색과 흰색은
결코 닿을 수 없는
상극처럼 보여도
근원은 서로 맞닿아 있다

지상의 우듬지와 땅속뿌리가
먼 거리를 두었어도
같은 몸체로 연결된 한 나무이듯
색이라는 공동 운명체로 엮인 존재다

검은색과 흰색의
무게 중심이 한쪽으로 치우치면
그저 한쪽이 더 밝아지거나
다른 쪽이 조금 어두워질 뿐이다

흑과 백은 자신들 사이를
무수한 스펙트럼으로 채우고
그 안에서 온갖 색들이
교합하게 한다
〉

조금 더 검거나 조금 더 흰 건
약간의 명암차만 드러내지만
구별하고 편 가르고 다투는 건
무의미한 흑백 논리다

함구

사무실 책상 서랍이 입을 봉해버렸다
하루에도 몇 번씩 여닫던 것인데
돌연히 생긴 일이었다

내게 감춰야 할 무슨 비밀이 생긴 것일까
아예 열쇠의 통로마저 막아버리고선
한 시간 내내 달래고 다그쳐도
끝내 앙다문 입을 열지 않았다

결국 공구로 입을 찢고서야
필요한 물건을 꺼냈지만 서랍은 이제
입을 닫을 수 없게 되었다

다물어야 할 입들은
무시로 열려 세상을 더럽히는데
정작 필요한 입은
열려야 할 때 열리질 않는구나

안개와 놀다

안개의 나날이다
가을이 한 겹씩 익어갈수록
안개 입자는 무량해진다

얇은 망막 위로
가림막을 치는 농무
아침 공기는 서늘하고
시야는 겹겹의 방어막에 차단된다

안개의 농담은 시시로
낯빛을 고치고
빛의 밀도는 속절없이 엷어져
때때로 형체를 바꾼다

두어 발짝 앞
놀란 비둘기의 다급한 날갯짓에
짙은 안개 한 뭉텅이
폭포수처럼 휘감겨 온다

어느 가격표

무학시장을 코앞에 두고도
농협 충주중앙지점 앞에는
날마다 난전이 선다

차도를 등지고 앉은
노파 앞에
한 뼘 채전이 펼쳐지고
햇살 아래 한껏 투명해진 뿌리들이
행인들을 호리고 있다

도라지, 무, 당근들이
바구니 귀퉁이에
마알간 허벅지를 걸치고선
사람들의 시선을 잡아끌고 있다

찻길과 건물 사이
비좁은 인도 앞자리를 차지한 채
요염하게 누운 뿌리들이
석양처럼 빛나고 있다
〉

무더기무더기 바구니마다
투박한 글씨로
삐뚤빼뚤 적힌 가격표가
혀를 빼물고 있다

우엉
한무덕이 삼처넌
무우
한무덕이 이처넌

새의 어원

새들은 절대로
사람에게 곁을 주지 않는다
그들이 늘 일정한 거리를 두는 건
사람들의 돌팔매질과
총질을 피하던 습성이
유전된 탓인지도 모른다

잡아먹으려는 사람과
잡아먹히지 않으려는 새의 본능 사이
다가가려는 사람과 도망가려는 새의
먹이사슬 구조 사이에서
하늘과 땅 사이를 거리로 두는 것이고
그래서 새일지도 모른다

사람들의 발짝 소리가 닿지 않는 지점
더 간격을 벌리지 않아도 될
안전한 간격이라는 사이를 두고서야
새들은
인간과 공존을 모색하는

거리로 삼는지도 모른다

수회리*에서

— 고장

자취방에서
냉장고 없이 다섯 달을 살았다
고장나 멈춰선 기계는
방 한구석에
유물처럼 전시되어 있을 뿐이다

쓰임이 있을 때는
눈에 띄지 않던 것이
쓸모가 없게 되자
공간이나 잡아먹는 애물 덩어리로
자꾸만 눈을 어지럽힌다

타박하지 마라
그대도
언제 그리될지 모른다

* 수회리 : 충주시 수안보면에 속하는 마을 이름.

수회리에서
— 어느 하오下품

입동날
정오 무렵부터 비가 내렸다
단풍나무의 낯빛이
삽시간에 푸르뎅뎅해졌다
빗방울에 정수리를 꿴 은행잎들은
막다른 길에 몰린 채무자처럼
아스팔트 위로
분분히 투신하였다

뒤를 밟힌 가을이
비에 문드러지는
겨울 들머리의 어느
하오

나도
누군가의 품에 뛰어들어
젖은 몸을
말리고 싶다

수회리에서
— 물그림자와 놀다

평일에 든 국경일
집으로 오르지 못한 나는
한나절 내내
뜰 앞 나무 아래 고인
물웅덩이를 바라보고 있다
거기
하늘을 배경 삼은 캔버스엔
근육질의 메타세쿼이아와
초점 풀린 눈길로 쪼그려 앉은 내가
프레스코 화풍으로 들어차 있다

바람이 불 때마다
화폭 속 나뭇가지와
내 무료한 낯빛이
물결에 흩어졌다
모여들기를 반복하였다

꼬리지느러미를 다친

연어의 파들거림처럼
미세한 물무늬를 그으며
시간은 한없이 더디 흘러갔다

수회리에서
― 인사이동

관사 옆방에 머물던 후배가
타지로 전근을 갔다
다른 직원도 두엇 떠나갔다
떠나는 사람들을 위해
여러 날 술을 마셨고
그들 자리로 옮겨온 이들을 위해
또 술을 마셨다

사람들이 가고 오는 사이
정월이 가고
이월이 왔다

내 위장의 소류지엔
날마다
술이 찰방거렸다

수회리에서
— 고추밭을 매다가

예까지 왔으니
농사짓는 법이나 배워보자고
고추밭에서 김을 맸다
고행처럼 치른 어설픈 호미질
온몸에 흙이 튀고
그 위에 번진 땀이
셔츠에 밭고랑을 새겼다

환삼덩굴꼭두서니닭의장풀도꼬로마명아주
를 뽑아내다가 문득
이것들이 무슨 죄인가 싶었다
땅뙈기 조금 넘보았기로
뿌리까지 뽑아 없앨 일이던가
고추 고랑에 팔을 걸친 풀들에게
미안하였다

그래, 고추 한 개 덜 먹자 하고
호미를 씻었다

만정리* 자취 일기
— 빨래

휴일 아침
쇼팽의 피아노 소나타를 들으며
빨래를 한다
세탁기로 돌릴 수 없는 옷가지도 있어서
가끔은 손으로
빨래를 주물럭거릴 때가 있다

피아노 선율과 수돗물 소리의
아득한 음계 사이에서
내 손길은 연신 허둥거린다
건반을 두드리듯 거품을 헹구다보면
마음에 찌들었던 얼룩이
말갛게 씻겨 내리기도 한다

이윽고 연주는 종반부로 치닫고
나는 빨래의 물기를 털어 건조대에 내걸며
커튼콜을 준비한다
〉

유월 하늘 높이
마음의 바지랑대가 선다

* 만정리 : 충주시 대소원면에 자리 잡은 마을 이름.

만정리 자취 일기
— 철거

속옷을 갈아입다가
우연히 바라본 벽 모서리에
거미집 두어 채가 눈에 띄었다
저것들이 감히 주인 허락도 없이
단칸방에 똬리를 틀다니
까치발로 빗자루를 휘둘러
무허가 쪽방을 허물어버렸다

내 방에서
몰래 곁방살이하던 것들이
황급히 옷장 뒤로 쫓겨 갔다

경고도 없이
그들 삶터를 부숴버림으로써
나는 순식간에
폭력 용역이 되고 말았다

거대 자본의 위력과

용역의 쇠파이프에 내몰린
재개발지역 빈민들처럼
거미들은 또 어느 변두리엔가
쪽방을 들일 것이다

삶이 가파르면
비탈을 쉬 벗어나지 못하는 법이다

만정리 자취 일기
— 오월

첫새벽부터
마을 뒤편 산등성이에서
검은등뻐꾸기가 운다

만정리 원룸촌을 들쑤시며
자취생들의 얇은 잠을 벗겨내며
짝을 찾느라 애타게 반복하는
네 음절의 헌사

청춘의 어느 오월에
나도 저리
간절한 적이 있었던가

해설

'슬픔의 행간'에 조각된 염낭거미 한 채

박성현 시인

'도저한 자기-부정'에서 발원하는 정충화 시인의 문장은 이미 불볕이다. 그 맹렬한 문장들은 끊임없이 시인을 소환하고, 그의 몸과 마음에 깃든 윤리를 비판적으로 관찰하며, 마치 스스로를 법정에 세운 듯, 스스로를 냉철하게 판단한다. "땅뙈기 조금 넘보았기로 / 뿌리까지 뽑아 없앨 일이던가 / 고추 고랑에 팔을 걸친 풀들에게 / 미안하였다 // 그래, 고추 한 개 덜 먹자 하고 / 호미를 씻었다"(「수회리에서-고추밭을 매다가」)는 지극히 사소한 일상까지 그는 자기 자신마저 발가벗기기를 주저하지 않는다. 그의 문장이, 보편적 사물의 영역을 다루는 듯하지만, 자기 자신을 향해 날을 세우는 까닭이 바로 여기에 있다.

표면적으로 그의 시는 전통 서정시의 공식에 충실하다.

생활의 쓸쓸함과 고독, 그리고 충격과 폐허에 '생명'이라
는 삶의 본질적이고 고귀한 가치를 불어넣고 있기 때문이
다. 그러나 세계를 내면화하는 과정에서 '자기 부정'을 매
개 고리로 삼았다는 사실로 그의 문장은 기존 서정시와
차별된다. 그는 스스로를 부정함으로써 세계-속-에 자신
을 내던지는 것인 바, 그가 형상한 세계는 시인의 형해(形
骸)를 딛고 그것을 초월함으로써 다시 세계 속으로 스며
든다.

여기서 우리는 시인의 시선이 사물로 향하는 무게만큼
이나 스스로에게 작동하고 있다는 것을 정확히 알 수 있
다. 스스로를 바라봄의 대상으로 삼는다는 것은, 주체에
서 타자로, 혹은 타자에서 주체로 끝없이 전이되는 시적
일탈의 가능성을 극대화한다. 요컨대 정충화 시인은 애초
부터 스스로를, 타자를 통해 존립하는 대상으로 삼음으
로써 '세계의 주관화'라는 서정시의 본래 위치를 역전시
킨다. 자기 부정이란 이러한 방법의 적극적인 표현이며,
특히 '윤리'를 작법(作法)의 중추로 자리 잡게 만든다.

생활의 기저(基底) 혹은 '바닥'을 딛고 일어서는 힘

시인의 자기 부정은 우선 '바닥'과도 같은 생활의 기저
로 향한다. 그에게 바닥이란 "고장나 멈춰선 기계"(「수회

리에서-고장」)나 "걸음이 잘린 / 주인 잃은 구두 콧등"(「술값」) 혹은 "불균형의 균형추 혹은 / 도량형의 회색 지대 // 그대에게 기울이는 / 내 마음의 질량"(「반半」)이다. 특히, "우정국로 길바닥을 배회하는 / 비둘기들은 / 땟국이 줄줄 흐르는 / 구걸하는 아이 행색이다 / 행인들의 발길을 피해 가며 / 아스팔트의 모래를 쪼아대거나 / 쓰레기 봉지를 헤집는 / 생의 고단함이 짜들어 있다"(「삶의 동질성에 대하여」)는 문장처럼, 바닥이란 적어도 시인에게는 '생의 고단함'이 찌든 장소들이다.

물론, 삶의 바닥을 시로 형상화한 시인들은 많다. 이른바 노숙자들과 같은 주변인들, 노동과 생활에서 격렬하게 소외되고 배제된 자들, 정치적 망명자나 디아스포라, 난민 등의 이른바 호모 사케르는 그 예외적 죽음으로 시인들의 작품에 무수한 모티프와 영감의 근원으로 작용했다. 하지만, 정충화 시인처럼 스스로를 시적 대상으로 삼고 바로 그 자리에서 문장을 이끌어내는 경우는 많지 않다. 그는 대상을 직접 소진하지 않고, 자신의 내면을 통해 여과된 대상들을 형상화한다. 물론 이 형상화는 스스로가 타자로 존재하는 자신과의 괴리감에서 비롯되는 바, 이것이 시집 전체를 관통하는 '슬픔'의 정서다. 미리 말하지만, 이 '슬픔'은 '형해'와 더불어 정충화 시인의 핵심에 다다른다.

그는 다른 사람들 눈에는 희망으로 보이는 것들을 '어

123

둠'이라 역설하는 독특한 시선을 갖고 있다. 이를 증명하듯, 시인은 한가롭고 우아한 나비의 율무(律舞)보다는 "거미줄에 걸려 / 몸부림치"(「구사일생」)는 나비의 바싹 마른 형해(形骸)에 집중한다. 또한 신형 가전제품보다는 잔고장이 잦아 걸핏하면 오작동을 반복하는 "성능 불량이라고 바꿔버릴 수 없는 / 폐기 처분할 수도 없는 / 애물덩어리"(「낡은」)를 끊임없이 소환한다. 더욱이 "한 가지 일에 진력하면 / 도가 튼다던데 / 나는 삼십 년이나 들여다보았고 / 식물해설가로 일하면서 / 벼과나 사초과 식물은 아직도 / 이름을 제대로 아는 게 별로 없다"(「헛공부」)는 문장이나, "꽃이 피고지고 / 새들이 짝을 찾고 / 나무들이 열매를 맺는 한철 / 이 골짜기에서 / 제대로 피지도 익지도 않는 것은 / 나뿐이다"(「망종芒種 무렵」)라는 문장, 혹은 "주점을 배경 삼은 영화를 / 온전히 상영하기에는 / 내 영사기가 너무 낡아버렸다"(「낡은 영사기」)는 문장 등에 새겨진 농담 섞인 자조(自嘲)는 그의 내면에 자리 잡은 '슬픔'의 자기 부정성을 더욱 공고히 한다.

하지만, 이와 같은 시인의 자기-부정은 연민이나 비탄으로만 잠기지 않는다. 그것은 시인의 삶을 일으켜 세우는 또 다른 영역이 창출되는 계기다. "청춘의 어느 오월에 / 나도 저리 / 간절한 적이 있었던가"(「만정리 자취 일기-오월」)라는 문장의 '간절'처럼 이념과 의지, 그리고 욕망을 동시에 작동시킨다는 것. 시인은 "나는 안간힘을 쓰며

/ 집으로 향한 골목을 찾고 있다"(「뻘밭을 헤쳐가는 짱뚱어처럼」)고 쓰는데, 그것은 '형해' 혹은 '애물덩어리'처럼 바닥까지 내려간 삶들이 그 바닥을 딛고 일어서는 그 힘을 은밀하게 표상한다. 바닥으로 향하고, 바닥을 딛고 일어서는 그에게는 '남루'와 '찬란'의 분별이 없다. 그의 목록은 버려야 할 것이나 간직해야 할 것이 나열되지 않는다. 일상의 결이 섬세하게 부딪히는 문장의 수면에는 오로지 무작위로 솟아오르는 잔해들이 있고, 잔해의 거칠고 불분명한 불모지에는 끈질기게 삶을 이어가는 '염낭거미의 삶'이 있다.

그럼에도 불구하고 이 시집을 읽는 우리는 여전히 쓸쓸할 것이다. 고요히 자신을 밀어내는 시인에게 울음조차 사치가 될 것이다. 무슨 이유일까. 왜 그는 자신을 내용이 모조리 빠져나간 거죽으로 간주하면서도 붕괴 직전까지 내몰린 쓸쓸함의 맹렬한 반경(半徑)을 지우지 않는 걸까. 그 외로움의 그림자들을 버리지 못하는 걸까. 그를 쉴 새 없이 쫓아다니고, 목덜미를 휘어잡으며 순간 온몸을 멍들게 만드는, 그리하여 "발효되지 않은 장류처럼 시큼하고 쓰"(「슬픔의 행간을 읽다」)디 쓴 '슬픔의 행간'을 자신의 마음 밭에 두는 것일까. 그는 이런 질문들을 잠시 멈추고 자신에게 밀려오는 파문을 바라본다.

혼돈의 시간도 잠시

바람이 입을 닫자
일렁이던 파문의 증거는
신속히 은폐되고 만다

새벽길은
다시 가부좌를 튼 채 삼매에 들고
새 구름 한 덩어리
잠잠해진 물웅덩이에
들어앉는다

바람에 옥양목 나부끼듯
모였다 흩어지던 구름 조각이
흘러간 자리에
빈 하늘 한 폭 내걸린다
　　―「잠시, 파문波紋」 부분

　파문이 일 때마다 마음에 두고 버리지 못한 것들이 함
께 출렁거린다. 버리지 못한 것들은 제각각 자신의 생애
와 그림자를 꿰매고 있다. 무게가 단단하니, 산책도 여간
어지러운 게 아니다. 그러나 걸음을 옮길수록, 보폭에 집
중할수록 마음을 흔들었던 '혼돈'은 그 예민하고 날카로
운 끈기를 내려놓기 시작한다. 바람이 멈춘 것도, 모든 길
들이 일렁이던 파문을 닫는 것도 그 순간이다.

여전히 파문은 내재해 있다. 멈췄다는 것은 휴지(休止)일 뿐이다. 얼마든지 다시 시작할 수 있다. 그럼에도 멈췄을 때, "새벽길은 / 다시 가부좌를 튼 채 삼매에 들고 / 새 구름 한 덩어리 / 잠잠해진 물웅덩이에 / 들어앉는"것. "바람에 옥양목 나부끼듯 / 모였다 흩어지던 구름 조각이 / 흘러간 자리에 / 빈 하늘 한 폭 내걸"리는 것. 그리고 시원으로 되돌아가고자 하는 힘, 바닥을 밀어내는 힘은 파문이 멈춘 자리에도 단호하게 작용하는 것.

멈춤과 작동의 변증, 다시 말해 끊임없이 되돌아가고, 소환하며 만들어내는 이 완곡한 감정의 정체는 무엇일까. 답은 명백하다. 그것은 "재료와 양념이 듬뿍 들어가야 / 맛있는 음식이 탄생하듯 / 감정도 서로 뒤섞여야 / 삶이 푸른 경지에 도달할 수 있는 것일까 / 기쁨 하나로만 살 수 없는 게 / 세상 이치던가 // 하긴 잘 버무려진 양념처럼 / 고루 뒤섞이고 숙성된 희로애락의 감정들이 / 절인 배춧속을 채우듯 / 마음 구석에 꽉꽉 들어찰 때라야 / 삶을 넉넉히 잠글 수 있는 깊이에 / 이르는 것인지 모른다"(「슬픔의 행간을 읽다」)는 문장처럼, 파문을 밀어내고 되돌리는 감정의 정체는 '슬픔'이다.

'형해'(形骸)로 머물다

그러므로 우리는 정충화 시인의 문장들에서 새로 돋는 살이 아닌 몰락으로 치닫는 슬픔의 이미지를 일으켜 세워야 한다. 그가 갈 수밖에 없었던 길, 스스로를 비탈로 내던져버린, 구원으로써의 참혹한 길을 섬세하게 읽어야 한다. 바로 바닥을 딛고 일어서는 힘인데, 어쩌면 그것만이 그가 평생을 다해 읽어냈던, 암각화에 갇힌 "나비 한 마리의 생애"(「암각화」)와 그것이 순간순간 "언 땅을 찢고 돋아나는 / 시푸른 문장"과 "너라는 詩"(「춘분春分」)로 폭발되는 강렬한 시적 분출을 인화해낼 수 있는 유일한 방법일지 모른다.

정충화 시인은 「암각화」에서 스스로를 "형해로나 남아 있을 / 나를 보는 듯했다"고 고백한다. 이 문장은 비록 거죽만 남아 말라비틀어진 껍질일지라도 생애를 함께한 이력 때문에 삶의 압축이며 형용이라는 뜻을 함축한다. 형해는 죽음 뒤에도 이어지는 삶의 상징적 표상이자, 유한한 인간이 영원에 닿을 수 있는 징표로 승화되는 것이다. 다시 말해, 시인으로서의 삶이란 "시푸른 문장"(시)을 다 쏟아낸 후에도 여전히 존속하는 것이며, 암각화에 새겨진 나비의 생애라는 또 한 번의 변태를 가능하게 만든다. 형해로 남기까지 그는 자기 부정을 멈추지 않을 것이다. 물론 부정의 대상은 자신에서 출발하며 내면에 투영된 세계까지 포괄한다.

그는 「가까운 어둠」에서 이렇게 쓴다. "멀리 있는 / 언제 꺼질지도 모르는 / 등촉 같은 희망 하나에 매달려 사는 게 / 인생이다"라고 말이다. "아침에 몸을 씻고 있는데 / 시커먼 왕거미 한 마리가 / 발밑으로 기어"(「거미와 백석」)오기도 하고, "한 번 헐거워진 것들은 / 끝내 틈을 벌리"(「틈」)기도 한다. 인생이 어떤 방법과 사유로 행복과 웃음을 늘 곁에 둘 수 있다고 노래하는 것도 거짓이지만, 시인처럼 시집 한 권을 "통로 바닥에 / 쫓겨난 자들이 꾸다가 만 꿈들이 / 껌처럼 납작 눌어붙어 있"(「지하 여인숙」)는 삶에 바치는 것도 지나친 것일지도 모른다.

그도 그럴 것이, 지금 우리는 한 사람의 생(生)을 그 모진 바닥까지 바라볼 수 있을 만큼 넉넉하지 못하다. 이유는 두 가지다. 하나는 자본주의 사회에서 '가난'과 '고통'마저 상품으로 변질되었다는 자괴감과 다른 하나는 그 '상품'이 하루에도 수백 번씩 매체에 등장하며 오히려 '가난'과 '고통'의 예외성을 우리 곁에 늘상 존재하는 일종의 부산물 혹은 우리 삶이 윤택하기 위해서 당연히 치러야 하는 대가로 만들어버렸다는 데 있다. 사정이 이러하니, 우리는 '가난'과 '고통'의 본질이 아닌 현상에 집착하게 되었으며, 그 현상은 날이 갈수록 더욱 더 자극적인 효과만 산출하는 것이 아닌가.

뿐만 아니다. 가난한 자는 더 가난해지고, 가난으로 고통받는 자는 그 질곡에서 더욱 빠져나오기 어렵다는 것이 우리 사회의 불행한 불문율이다. 자본주의는 보이지 않는

손으로 사회의 온갖 이권에 손을 대고, 권력화하며 스스로를 재생산한다. 이를테면, 국가는 개인과 집단의 폭력은 용인하지 않지만, 자본은 오히려 폭력을 공고히 하며 용역이라는 예외적인 집단을 만들어낸다. 재개발지역 빈민들의 목숨이 거미처럼 왜소할 수밖에 없는 이유가 여기에 있다.

거대 자본의 위력과
용역의 쇠파이프에 내몰린
재개발지역 빈민들처럼
거미들은 또 어느 변두리엔가
쪽방을 들일 것이다

삶이 가파르면
비탈을 쉬 벗어나지 못하는 법이다
　　　　　　　　　　　　—「만정리 자취 일기-철거」부분

'거대 자본'과 '용역의 쇠파이프'에 맞선 '재개발지역 빈민들'은 얼마나 왜소한가. 시인은 이들을 '거미'에 비유하며, "또 어느 변두리엔가 / 쪽방을 들일 것이다"라고 그 처절한 삶의 비극을 쓴다. 우리가 늘상 경험하고 있는 것처럼, "삶이 가파르면 / 비탈을 쉬 벗어나지 못하는 법"이 아닌가. 그에게 비극은, 이것을 '비극'이라 말하는 자의 무기력이다.

그러나 더 중요한 것은 바로 그것이 자본주의가 은밀하게 허용하고 산출하는 오차 범위라는 것. 지금 우리 사회에서 '가난'과 '고통'은, 그 파괴적 속성 때문이 아니라 일상과 보편의 무한 반복으로 우리의 시각을 "감각-의-없음"으로 만들어버렸기 때문에 파국으로 치닫게 된다. 이것이 자본주의가 부와 가치에 대비하여 가난과 고통을 내면화하는 방법이다. "툭하면 고장에다 / 생산력은 한계치에 다다랐으니 / 퇴보는 피할 수 없는 운명이다 // 내 몸의 디플레이션은 / 이제 막 / 시작되었다"(「D의 공포」)라고 말하는 시인의 문장은 이 같은 무감각의 극치를 정확히 반영하고 있다. "아! 방법만 있다면 / 나도 / 내 인생을 통편집하고 싶다"(「통편집하고 싶다」)는 욕망은 이미 자신의 몸과 마음을 장악해버린 '무감각'에 대한 은밀한 저항이다.

1980년대 정점을 찍은 우리의 서정시들은 IMF라는 국가부도사태를 지나면서 현실을 있는 그대로 표현하기보다는, 그 너머에서 작동하는 '삶-의-의지'를 통해 현실을 덧칠한다. 때문에 "새벽 꿈속까지 따라붙은 곤궁함이 / 참 서럽더군 / 꿈속에서마저 춘궁이라니 // 게다가 요즘은 잠마저 흉년이니 / 원"(「흉년기」)의 문장에서처럼, 삶이 '흉몽'으로 빗대어 표현되는 것에 익숙하지 않다. 삶이란, '그래도 살아갈 가치가 있다'는 이념과 의지가 반영되어야 하며, 그것이 시대가 요구하는 시의 당위다. 대중은 척박한 삶을 위로받을 요량으로 시에 기대는데, 적어도 '희망의 한 가닥'이라는 일종의 숨 쉴 구멍 혹은 서정의 따뜻한 온기는 사회의 어딘가에는 존재해야 한다.

그러나 시인은 이러한 당위와 요구보다는 '자기 자신'에게 집중함으로써 세계를 끊임없이 재생산한다. 특히 세계와 관계하며 세계를 받아들이고 내면화한 그의 도저한 자기 부정에 이르러서는 그가 자신을 매개한 '염낭거미'와 그 말라비틀어진 껍데기 곧 '형해'라는 척박한 불모지를 향한다. 때문에 그가 다다른 '형해(形骸)'는 단순히 자기 자신의 박제-이미지가 아니다. 그것은 살아 있는 자의 기억 속에 침투하여, 죽음조차 생생한 삶의 현장으로 만들어놓는 뚜렷한 자기-부정이다. 고향과도 같은 삶의 귀착지이면서 동시에 새로운 출발을 상징하는 장소이자 우리는 육체의 유일한 영원인 '형해'에 정박하는 것이다.

죽음조차 삶의 유연한 방식으로 받아들이는

이처럼 정충화 시인의 시를 이해하기 위해서는 이 '형해'라는 개념이 무척 중요하다. 내용이 빠져나간 자리에 거죽만 남은, 그 애처로운 잔해들은 그가 자기 부정을 통해 도달하려는 궁극이자 동시에 새롭게 일으켜 세워야 하는 이념이기 때문이다. 잔해들, 그것은 제 새끼들을 위해 기꺼이 먹이가 되는 염낭거미의 도저한 자기 부정과 같다. 죽음조차 삶의 유연한 방식으로 받아들이는, 그리하여 죽음을 새끼들과 이어지는 영원한 인연의 '끈'으로 만들어버리는 간절한 태도, 요컨대 삶과 죽음의 대칭에 내재한 '부정'의 위태로운 태도와 방식들—그 속에 내재한 인내와 의지는 '형해'라는 또 다른 이름으로 파열된다. 이로써 형해는 삶과 죽음의 경계에 흩어진 재와 티끌의 표징, 또한 유한한 육체 속에 싹트는 무한으로 귀착된다.

"쇠락한 폐가처럼 / 허물어진 기억 속에서도 / 그들과는 여전히 끈 하나가 / 비끄러매어져 있었다 // 떠났어도 / 온전히 떠나온 게 아니었다"(「끈」)라고 고백하는 시인에게, 형해의 잔해들은 인과 연의 온전한 형상인 것. 따라서 형해를 받아들일수록 시인은 잔해가 놓인 장소, 곧 '바닥' 혹은 '기저'에 대해 강렬하게 이끌리게 된다. 그리고 그는 이 단호한 지향-성, 재현될 수도 없어 지향으로만 남아버린 '기댐'과 '설렘' 혹은 '이끌림'을, "귀가 밝아졌다"는 문장으로 표현한다.

소리로 깨친 사람을
귀명창이라 한다지
요사이 전에 없이
귀가 밝아졌다

들끓는 소리들이
밤의 중문을 열어버린 뒤부터
내 잠은
만 리 밖 타향이다

밤과 나 사이
공명의 진폭이 얼마나 젊기에
차차로 어두워져야 할 내 귀가
아직도 이리 밝은 것이냐
　―「불면」전문

　어느 순간 시인은 이상하리만치 예민해진다. 여느 때보
다 '소리'가 잘 들린다. 나이가 들수록 귀는 어두워지는
법인데, 나이가 무색해지면서 소리의 형태와 온기와 무게
까지도 선명해진 것. 이를테면, 가까운 곳 벌레 우는 소리
나 사냥에 집중하는 들짐승 소리, 심지어 달빛과 바람이
서로 보듬으며 흘러가는 소리나 은행나무가 샛노란 이파
리들을 밀어내는 소리도 들을 만큼 귀가 밝아졌다. 도처
에서 "들끓는 소리들이 / 밤의 중문을 열어버린" 것이니,
어쩌면 귀신조차 시인을 비껴갈 수 없다.
　그런데, 귀가 열리는 동시에 불청객이 찾아왔다. 시인은
"내 잠은 / 만 리 밖 타향이다"라고 서슴없이 말한다. 뜻

하지 않은 불면이 찾아온 것이다. '귀명창'은 소리를 통달하면서 밤잠을 잃어버렸다. 그는 그 까닭을 '밤'과 '나' 사이에 들어앉은 '공명의 진폭' 때문이라 말한다. 다시 말해, 밤과 나의 경계가 무너진 상태에서, 밤과 나의 생활-공간도 겹쳐져버린 것. 매 순간 확장되는 감각이 시인을 흔들어버리는 바람에 그는 깨어 있을 수밖에 없다. 휴지(休止)가 없는 밤, 그래서 몸과 마음이 바닥으로 떨어져버린 이 지독한 불면이 '귀명창'의 내면이다.

시인은 스스로를 귀명창으로 부른다. 지독한 역설이다. 예민해진 감각 탓에 아주 작은 소리도 분별할 수 있겠지만, 그것은 육체의 격렬한 소진을 초래한다. "차차로 어두워져야 할 내 귀가 / 아직도 이리 밝은"것은 육체의 다른 부분을 내주고서라도 더 파고들어가야 할 무언가가 있기 때문일 것이다. 몸 위에 번지는 '눈꽃'처럼 형해가 차츰 짙어지고 있다.

달천 고가차도 위에서 바라본
새벽 충주는
안개가 뜯어먹고 뱉어버린
뼈들의 무덤 같다

달천교를 지나고부터는
길과 강의 경계마저 문드러져버렸다

달강의 수계는 언제나
강둑 안쪽에 머물러 있지만
이 아침엔
범람한 아침 안개가 강물까지 풀어놓았는지
사방이 그저 심연이다

나는 쪽배에 몸을 싣고
달강 지류의 물굽이 하나를 지나는 중이다
서늘한 강바람이 폐부를 헤집는다
드문드문 솟은 아파트의 희미한 불빛이
항로를 인도해주지 않았다면
나는 물골 아래 수장되었을 것이다

날물 때가 다가오는지
강안江岸에 줄지어 선
사과나무 뼈마디 사이로
안개의 수위가 차차로 낮아져간다
―「안개 도시」 전문

'눈꽃'은 시인의 "밋밋한 가슴팍과 치모 사이에" 붙어
있는 "흰 터럭 몇 오라기"이다(「눈꽃」). 나이듦과 익어감
의 대칭 혹은 '응시'라 할 이 '눈꽃'을 보면서 그는 "나 모
르는 사이 / 몸 구석구석에 눈이 내리고 있었다"라고 술

회한다. 특히, "여러 해 전부터 / 머리에만 조금씩 내리던 눈은 / 이제 턱의 절반을 덮고서 / 가을걷이 뒤 빈 들 같은 가슴과 / 외진 포구처럼 움츠린 삶에까지 / 쌓이고 있었다"는 문장에서는 이미 형해가 '나'를 앞질러 있을지 모른다는 기시감(旣視感)까지 보인다. 이런 의미에서 '안개 도시'란 '눈꽃'이 좀 더 구체화된 사물이자 장소다.

새벽 충주다. 불면에 내몰린 산책은 언제나 무거울 뿐이다. 걷다가 멈추고 멈춰서 주위를 둘러보면 길은 오리무중이다. 달천 고가차도 어디쯤에서 좌표를 겨우 읽어낸다. 새벽 충주다. 동 트기 직전의 그 어둡고 눅눅한 한지처럼 달천을 중심으로 안개가 거대한 숲처럼 솟아 있다. 달천이 가까울수록 안개는 밀집하고, 멀수록 느슨했다. 을씨년스러운 울음들이 여기저기 뒤엉켜 묶여 있다. 시인은 그 풍경이 먹먹하다 못해 괴기스럽다. "안개가 뜯어먹고 뱉어버린 / 뼈들의 무덤 같"은 곳에서 그는 어느 곳에 시선을 동여매고 있는 것일까. 잔해들이, 그 썩지 못해 말라비틀어진 도시의 잔해들이 겨우 멀어서 희미한 형체를 내놓고 있는데.

느릿느릿 달천교를 건넌다. 안개는 여전히 맹렬하다. 안개는, 가두고 스며들며 파헤친다. 안개는 잘라버리고 왜곡하며 뭉개버린다. 안개 속에서 시야와 소리, 냄새는 잿빛 허공으로 흩어진다. 얼굴은 표정을 거두고 입술과 혀는 언어를 뽑힌다. "길과 강의 경계마저 문드러져버"린 심연, 그것이 안개다. "꼬리지느러미를 다친 / 연어의 파들거림처럼 / 미세한 물무늬를 그으며 / 시간은 한없이 더디흘러"(「수회리에서–물그림자와 놀다」) 가지만, 안개만이유일한 생명이고 그림자다. 발 없이 부유하는 것들은 모두 바닥으로 쏟아질 것이다. 그는 안개 속에서, 안개의 끝을 읽지만 형태만 겨우 도사린 상형만 붙잡는다.

그는 "쪽배에 몸을 싣고 / 달강 지류의 물굽이 하나를 지"난다. 서늘한 강바람이 안개에 퉁퉁 불은 폐부를 헤집는다. 안개는 지리를 가두고 지리에 인쇄된 모든 잉크를지운다. 무딘 감각만이, "드문드문 솟은 아파트의 희미한불빛"을 '항로'로 되새긴다. 어쩌면 이 모든 안개는 물골에 수장된 내가 걷는 꿈길일지 모른다. 날물에 이르러서야 이 지독한 몽환이 끊어졌다. "강안江岸에 줄지어 선 /사과나무 뼈마디 사이로 / 안개의 수위가 차차로 낮아져간"것이다. 바닥이, 삶의 기저가 저 안개의 관통에 숨겨진것이라면, "그는 언제나 다른 차원의 물상처럼 / 존재"(「거리 풍경화 한 점」)한다. 오로지 몽환으로서, 몽환이 아니면 안 된다는 듯이 그는 불면의 힘으로 가라앉는 것이다.

그런데, 시인에게 안개의 이중 지향은 '존재'와 '무'의숙명적인 관계와 같다. 죽음과 농담이 데칼코마니처럼겹쳐지는 헤테로토피아적 장소—죽음을 표상하는 안개는 때로 '농담'으로 파생되는데, 「안개 도시」에서 '안개'

는 "뼈들의 무덤" 곧 형해의 잔해들을 암시하지만, 「안개와 놀다」에서는 형체를 바꾸는 '놀이'가 된다. 안개의 두 속성, 곧 '죽음'과 '놀이'의 맞닿을 수 없는 거리를 어떻게 읽어야 할까.

> 안개의 농담은 시시로
> 낯빛을 고치고
> 빛의 밀도는 속절없이 엷어져
> 때때로 형체를 바꾼다
>
> 두어 발짝 앞
> 놀란 비둘기의 다급한 날갯짓에
> 짙은 안개 한 뭉텅이
> 폭포수처럼 휘감겨 온다
> ―「안개와 놀다」 부분

다시 새벽 충주다. 달천을 장악한 안개는 사방으로 흩어지며 뭍을 점령한다. 안개는 "가림막을 치는 농무"나 "겹겹의 방어막"처럼 짙고 농밀하며 어둡다. 계절이 익어갈수록 안개의 입자는 더 무량해지는 것이다. 안개는 시시로 낯빛을 고친다. 전광석화처럼 급변하지는 않지만, 안개 속에서 빛은 속절없이 엷어져 굴절된다. 사물의 영역이 안개에 사로잡혀 왜곡된다. 그 변신을 지켜볼수록 안개는 탁월하게 얼굴과 표정을 조절한다. 그때, "두어 발짝 앞"에서 비둘기 한 마리가 놀라 다급하게 솟아오른다. 이 예민한 짐승도 시인의 걸음을 눈치채지 못했다. 안개는 '나' 또한 뒤집고 잘라내며 이어 붙였던 것. 짙은 안개 한 뭉텅이가 들썩이더니, 높은 곳에 이르러 "폭포수처럼 휘감겨 온다."

안개는 주체가 '주체로서' 존재하기를 멈추게 한다. 안개는 스며듦으로써 사물과 주체의 모든 영역을 밀어내고 조합한다. 변신은 안개의 본질이고 속성이자 역할인데, 시인은 이 수수께끼 같은 안개를 일종의 '놀이'에 비유한다. 이와 동시에 안개는 시인의 육체를 '놀이'에 맞도록 변형시킨다. 안개와 놀 수 있는 것은, 안개를 이해하고 받아들이며 안개와 대칭되는 몸을 가진 자이다. 안개 한 뭉텅이가 폭포수처럼 휘감겼을 때, '나'는 놀이의 적극적인 자기-소진을 적극적으로 밀고나간다.

이처럼 '안개의 놀이'는 변신의 모티프를 산출한다. 변신이란 죽음과 삶의 반복적 이어짐이 아닌가. 「안개 도시」에서 안개는 죽음의 고유한 이미지였다면, 이 시에서 안개는 '놀이'로 표상되는 생의 약동이 엿보인다. 여기서 우리는 형해의 변증법적 완성을 명백히 가늠하게 된다.

속절없이 늙어버린 내 옛집 우물 한 채

정충화 시인은 시 「ㄹ이 만드는 삶」에서 '글'에 대해 "모든 소리, 모든 말, 모든 문장을 가두는 무덤"으로 쓰고, '풀'에 대해서는 "이 행성을 덮어주는 이불, 생명의 근원" 으로 말한다. 시인으로서 그는 왜 '글'과 '풀'을 '무덤'과 '생명의 근원'으로 대립시키는 것일까. 과연 글과 풀은 시인의 직관처럼 그렇게 서로를 밀쳐내는 존재일까. 아니다. 앞에서 고찰했던 것처럼 '안개'의 두 속성이 변증을 위한 사유의 일어남이었듯이, '글'과 '풀'도 결국 죽음과 삶의 변증을 통한 제3의 영역을 사유하는 매개가 된다.

그의 문장에는 "촛불은 / 어둠이 울타리를 쳐야 / 몸을 밝히는 법이다"(「촛불의 미학」)라는, 특유의 변증이 내재해 있다. "검은색과 흰색은 / 결코 닿을 수 없는 / 상극처럼 보여도 / 근원은 서로 맞닿아 있다 // 지상의 우듬지와 땅속뿌리가 / 먼 거리를 두었어도 / 같은 몸체로 연결된 한 나무이듯 / 색이라는 공동 운명체로 엮인 존재다"(「흑백 논리의 허구」)라는 문장처럼, 그의 변증은 아직 도래하지 않은 옛날이 현재 속으로 들어오는 아찔한 경험과도 같다. 물론 그 경험은 "내 옛집 우물"과 "펑펑 물을 쏟는 수도 파이프"의 대비를 통해 강렬해질 것이다.

오래전 폐경기를 지나
무화과나무 아래에서 속절없이 늙어버린

내 옛집 우물
그 앞에는 지금
꼭지만 비틀면 펑펑 물을 쏟는 수도 파이프가
파수를 서고 있다
　　―「옛집 우물의 小史」 부분

　지금은 모조리 낡아 그 형체만 가물가물한 옛집 우물이
다. "오래전 폐경기를 지나 / 무화과나무 아래에서 속절없
이 늙어버"렸다는 문장처럼 이미 함몰된 폐허이지만, '우
물'에 붙박인 기억들은 폐허를 아련한 옛날로 만들어버린
다. 옛날-속-에서 '우물'의 아우라aura는 여전하다. 그리
고 그 신비와 생명도 끊어지지 않고 지속된다. 옛날이 다
시 출현했다는 이유만으로, 우물은 삶과 죽음을 초월한
순수한 존재가 된다. 우물의 형해가 새로운 세계의 중문
이므로 그것은 암각화에 새겨진 나비 한 마리의 생애와
통한다. "화양구곡 / 물가 바위에 앉아 다리쉼을 하는데
/ 발밑 바위 표면에 박힌 / 암각화 한 점이 눈에 들어왔다
/ 거기 / 나비 한 마리의 생애가 / 무채색으로 아로새겨져
있었다 // 숨결이 흩어진 자리에 / 그것이 횡단했을 시간
의 퇴적층이 / 암석 표면에 켜를 쌓고선 / 가을볕 아래 전
시되고 있었다"(「암각화」)는 까마득한 현재 진행형의 퇴
적 말이다.
　이제 시인은 죽음이라는 적멸을 딛고 삶의 새로운 유체

를 만들어낸다. "바다 가까이에선 / 꽃도 나무도 모두 / 바닷빛 얼굴로 살고 있"(「을왕리에서」)다는 사물들의 본능적인 연관을 통해 사물의 심연에 형해(形骸)를 아로 새기는 것이다.

봄 봐라, 봄

1판 1쇄 발행	2020년 6월 05일
1판 2쇄 발행	2020년 10월16일

지은이	정충화
발행인	윤미소
발행처	(주)달아실출판사

책임편집	박제영
디자인	전형근
마케팅	배상휘
법률자문	김용진

주소	강원도 춘천시 춘천로 17번길 37, 1층
전화	033-241-7661
팩스	033-241-7662
이메일	dalasilmoongo@naver.com
출판등록	2016년 12월 30일 제494호

ⓒ 정충화, 2020
ISBN 979-11-88710-68-3